L'homme méchant

St Jean

This is a work of fiction. Similarities to real people, places, or events are entirely coincidental.

L'HOMME MÉCHANT

First edition. September 4, 2024.

Copyright © 2024 St Jean.

ISBN: 979-8227994691

Written by St Jean.

Also by St Jean

Match impitoyable
L'homme méchant

C'est le premier jour de travail de Mia Kennedy à l'asile de Bellevue et elle ne pourrait pas être plus excitée de commencer sa carrière d'infirmière. Si seulement elle savait que l'homme dont elle devrait avoir le plus peur se révélerait être celui qu'elle ne pourrait pas laisser partir.

Jamison Coy est enfermé depuis dix ans dans l'asile sans aucun espoir de s'enfuir. Il n'a jamais eu envie de partir avant de la voir. Maintenant, toutes ses pensées sont consacrées à Mia et à la façon dont il peut l'avoir pour lui tout seul.

Chapitre Un

MIA

« Ça ne va pas marcher. » Emily tire sur le bout du ruban que j'ai noué dans mes cheveux, ce qui fait tomber les vagues brillantes et sombres sur mon visage. Elle va le laisser tomber, et avant qu'il ne puisse atterrir dans mon bol de céréales, je l'attrape.

« Pourquoi as-tu fait ça ? » Je jure qu'Emily trouve toujours de petites façons de me taquiner. Ce n'est jamais quelque chose de grave, mais elle est tenace. Je commence à penser qu'elle veut vraiment qu'on soit amis, mais ensuite elle fait ou dit quelque chose de grossier. Du moins, je pense que c'est grossier, mais c'est peut-être juste comme ça que sont les colocataires.

Je n'ai pas toujours été la meilleure pour lire les gens, et Emily peut être l'une des plus dures. Nous sommes allées à l'école d'infirmières ensemble, mais elle avait un semestre d'avance sur moi. Nous étions toutes les deux dans un programme accéléré de BSN, et elle était l'une des meilleures étudiantes de sa classe.

« Tu ne peux pas porter ça dans l'asile. »

Je déteste quand elle dit ça comme ça, et j'ai essayé de la corriger. Cela me semble inutile, car j'ai beau répéter que c'est un établissement de santé mentale, Emily ne bouge pas.

« Pourquoi pas ? Ce n'est qu'un ruban. »

Emily me le prend et l'enroule autour de son cou.

« Oh mon Dieu. » Je tends la main et le reprends avant qu'elle ne puisse finir ce qu'elle essaie de faire. Son humour noir ne me convient jamais. Parfois, je me demande d'où il vient. Ce n'est pas comme si elle essayait de me faire rire. Je ne comprendrai jamais pourquoi elle est devenue infirmière, mais je suppose qu'il en faut de toutes sortes.

« Tu n'as pas lu le manuel ? » Elle fronce le nez parce que nous savons tous les deux que c'est une question stupide.

Je remplis toujours mes exigences et je vis selon le mantra selon lequel les règles sont faites pour être suivies. Elles fournissent une structure à tout le monde, et je ne comprends pas pourquoi plus de gens n'en veulent pas dans leur vie.

« Ils ne m'ont encore rien donné. Je pense qu'aujourd'hui est une visite guidée. » Je suis sûr qu'ils me donneront tout ce dont j'ai besoin aujourd'hui, mais j'espérais obtenir plus d'informations avant maintenant. Quelqu'un a tiré quelques ficelles pour obtenir mon emploi, ou du moins m'a demandé une faveur en mon nom.

J'attache le ruban dans mes cheveux et je le retirerai si on me le demande. Après avoir fini mon petit-déjeuner, je me dirige vers le miroir géant appuyé contre le mur du salon. Je vérifie que le ruban est parfaitement en place et qu'une extrémité n'est pas plus longue que l'autre.

« Tu as déjà encaissé ce chèque ? » Emily lève un sourcil. « Si j'étais toi, je ne le ferais pas. »

J'imagine que c'est une bonne chose qu'elle ne soit pas moi, car je l'ai déjà fait. Je n'avais pas vraiment le choix. J'avais besoin de manger et d'avoir un toit au-dessus de ma tête. Lorsque j'ai obtenu mon diplôme universitaire, j'ai dû quitter les dortoirs, et comment aurais-je pu subvenir à mes besoins autrement ?

J'ai toujours détesté le fait que la sécurité de l'emploi soit en partie la raison pour laquelle je me suis lancée dans le métier d'infirmière. C'est un emploi bien rémunéré qui sera toujours en demande, et la sécurité n'est pas quelque chose que j'ai eu beaucoup dans ma vie. J'aspire à un sentiment de contrôle, et c'était quelque chose qui pouvait me le fournir.

Lorsque le Dr Crane m'a dit que les primes à la signature étaient deux fois plus élevées à l'asile de Bellevue que dans d'autres hôpitaux, j'ai su que je devais obtenir ce poste. Le Dr Crane était un conférencier invité dans quelques-uns de mes cours de psychologie, et il travaille à Bellevue. La santé mentale était un sujet que je trouvais intéressant, donc c'était gagnant-gagnant.

« Pourquoi le dis-tu comme ça ? » C'est encore une de ces fois où je ne comprends pas Emily. « Je pensais que tu aimais travailler à Bellevue. »

Mentait-elle ? Si c'était le cas, il est trop tard pour faire marche arrière maintenant. Comme Emily l'a mentionné, j'ai déjà encaissé la prime à la signature et signé un contrat. J'ai dépensé la majeure partie de mon chèque en loyer, et j'aurais peut-être fait une crise à l'épicerie. Et peut-être que j'en ai fait trop chez Scrubs & Beyond. C'était agréable de pouvoir enfin s'offrir plus que de simples uniformes bleus.

« C'est vrai. En fait, j'adore ça. » Elle claque bruyamment la langue. « Mais toi et moi, on n'est pas pareils. Je veux dire, regarde tes uniformes. » Emily rit.

« Quoi ? » Je baisse les yeux et vois les petites cerises sur mes uniformes roses qui me sourient en retour. « Elles sont heureuses. »

« Bellevue n'est pas un endroit heureux. » Emily dit ça avec un sourire.

Comment se fait-il que je sois toujours considérée comme la plus étrange de nous deux ? En fait, je pensais qu'après avoir obtenu mon diplôme, je ne la reverrais peut-être plus jamais, mais le destin en avait décidé autrement.

Quand le Dr Crane m'a parlé du poste vacant à Bellevue, j'ignorais qu'il était l'oncle d'Emily. Il m'a dit que sa nièce y travaillait aussi et qu'elle cherchait en fait une colocataire. L'appartement n'était qu'à quelques kilomètres de l'asile, alors bien sûr, j'ai sauté sur l'occasion.

Ma grand-mère m'a toujours dit que lorsqu'une opportunité se présente à vous, il faut la saisir. J'ai pensé une fois de plus que c'était le destin et que j'avais un peu de chance pour une fois. Il est facile de dire que j'ai été plus qu'un peu surprise d'apprendre qu'Emily était la nièce.

« Les lieux sont souvent ce que vous en faites. »

Emily lève les yeux au ciel. « Vous dites ça parce que vous avez grandi dans une maison de transition. »

« Je n'ai pas grandi dans une telle maison », je marmonne, sachant qu'elle ne fait pas attention à ce que je dis. Une nuit, j'ai même fait un test. Elle a continué pendant deux heures avant de remarquer que je n'avais pas répondu à ce qu'elle disait. C'est peut-être pour ça qu'il lui a été si difficile de trouver une colocataire.

« Ouais, tu l'as fait. » Emily prend un bol pour elle et y verse des céréales.

« C'est un foyer de groupe. Je n'ai pas été en prison. » J'y ai passé quatre ans avant de partir à l'université. Parfois, j'avais l'impression d'être en prison, mais je n'avais pas d'autre endroit où aller. Ma grand-mère était tout ce que j'avais, et quand elle est morte, mes options étaient limitées.

« Tomate tomahto. » Emily verse le lait sur ses céréales, et le lait éclabousse le comptoir. Je force mes pieds à rester collés là où ils sont. Emily peut devenir brusque quand je fais le ménage autour d'elle. « Ma mère est en prison. »

J'ai envie de lui demander si elle plaisante, mais je n'ai vraiment pas le temps. Je ne peux pas être en retard le premier jour. Enfin, techniquement, je suppose, pour ma première nuit.

Chapitre Deux

JAMISON

Les gens qui travaillent le jour sont bien, mais l'équipe de nuit est ma préférée. Surtout parce qu'ils me laissent tranquille. Enfin, jusqu'à ce que Jimmy veuille jouer. Heureusement, depuis quelques mois, il s'est retiré et m'a laissé en paix. J'imagine qu'il y a autant de paix que l'on peut trouver dans un hôpital psychiatrique.

Quand la sonnerie retentit dans les haut-parleurs, je ne prends pas la peine de regarder en direction de la porte. Les heures de visite sont terminées et de toute façon, je n'en aurais pas. Dès que j'ai eu dix-huit ans, mon père m'a fait enfermer dans cet endroit et il n'est pas venu me voir une seule fois. C'est probablement pour le mieux.

La nuit, la salle de groupe est calme et c'est là que j'aime m'asseoir et lire jusqu'à ce qu'ils m'obligent à aller me coucher. Actuellement, il n'y a que deux autres patients ici avec moi, donc il est peu probable qu'Alton vienne me mettre dehors. Alton est le chef de la sécurité de l'équipe de nuit et il est probablement là pour faire ses rondes tôt.

Il y a une émission à la télévision mais je ne la regarde pas. Au lieu de cela, je continue à lire mon livre jusqu'à ce qu'une paire de chaussures s'arrête devant moi. Je pourrais reconnaître la plupart des employés d'un seul coup d'œil à leurs chaussures, mais celles-ci sont neuves. Des sabots d'infirmière blancs et impeccables dépassent de leurs uniformes roses et le choc des couleurs dans cet endroit est presque alarmant. Puis je vois les chaussures familières d'Alton arriver à côté d'eux, et je ferme mon livre.

« Jamison, j'aimerais que tu rencontres notre nouvelle infirmière de nuit, Mia. »

Je penche lentement la tête en arrière, et je prends mon temps pour observer la petite Miss Mia. Dans un endroit qui se situe quelque part entre le blanc éclatant et le gris lugubre, elle est rose fluo avec des néons clignotants. Je ne me souviens pas de la dernière fois que j'ai vu de la couleur, et je dois cligner des yeux plusieurs fois pour m'assurer qu'elle n'est pas quelque chose que j'ai imaginé. Ce ne serait pas la première fois que quelqu'un ici voit des choses.

« Mia, c'est l'un de nos patients de longue date, Jamison. Il est sous les soins du Dr Crane. » Les yeux d'Alton vacillent entre Mia et moi avant de se rapprocher un peu d'elle.

Je parie qu'elle ne se rend même pas compte qu'il l'a fait, mais Alton et moi, nous nous connaissons depuis longtemps. Je suis ici depuis dix ans maintenant, et il est ici depuis presque trois fois plus longtemps. Je connais ses signes, mais il connaît encore mieux les miens.

« Enchantée de vous rencontrer », dit Mia d'une voix douce qui envoie un jet chaud de sirop dans mon ventre.

Mes abdominaux se contractent tandis que je me lèche les lèvres et pose le livre sur mes genoux. Elle n'a pas besoin de voir à quel point sa présence m'affecte. Du moins pas devant Alton. Ses cheveux noirs sont si soyeux, et l'idée de les toucher est écrasante. Alton pourrait-il m'arrêter avant que je puisse l'atteindre ? Comme s'il pouvait lire dans mes pensées, il fait un autre pas en avant, cette fois presque légèrement devant elle.

« Mia, c'est ça ? » je demande et je me penche en avant sur mon siège. Quand elle hoche la tête, cela envoie une partie de ces cheveux noirs sur son épaule, et je vois un peu de rose entrelacé avec. Des pensées plus intrusives me viennent à l'esprit, et Alton aurait vraiment dû le savoir. « Ça te dérange si je te pose une question ? »

Son sourire est si innocent qu'il en est presque érotique, puis elle penche la tête sur le côté pour exposer légèrement son cou nu. Il me suffit de voir les veines palpiter contre sa peau, et je dois ravaler un gémissement.

« Demande-moi. »

Je garde le livre en place parce que ma bite est complètement dressée maintenant, et dans ce pantalon d'hôpital fin, il ne laisserait rien à l'imagination. « Est-ce que tu me laisserais manger ta chatte par derrière ? »

Je ne voulais pas que les mots sortent, mais je n'ai pas l'habitude d'être submergé comme ça. Si je l'avais vue de l'autre côté de la pièce venir vers moi, j'aurais peut-être pu être mieux préparé. En l'état actuel des choses, ce n'est pas ma faute.

Il y a un moment avant que quelqu'un ne réagisse, et je vois ses yeux s'écarquiller et ses lèvres s'entrouvrir. Elle est choquée par ma vulgarité, et je me demande si cela signifie qu'elle est vierge. Elle en a certainement l'air.

« Ça suffit », dit Alton, puis il se déplace complètement devant Mia pour me la cacher.

Je me lève du canapé en un clin d'œil et je suis déjà en mouvement. J'utilise mon livre pour donner un coup de poing sur la joue d'Alton et le faire trébucher en arrière. Il va être furieux pour cette tape d'amour, et je suis sûr que je perdrai le droit de lire, mais je m'en fiche. La seule chose qui compte pour moi, c'est de me rapprocher de Mia.

Alors qu'Alton trébuche, les yeux de Mia passent du choqué à la terreur tandis que je la pousse contre le mur et presse mon corps contre le sien. Ma bite est tellement dure que ça doit ressembler à une batte poussée contre son ventre, mais elle est tellement douce. J'enfouis mon visage dans son cou et lèche longuement sa douceur tandis que mes doigts s'enfoncent dans ses cheveux.

Elle sent le lys et quelque chose de frais. Quelque chose que l'intérieur de ces murs n'a pas connu depuis des siècles. Sa bouche s'ouvre, et je m'attends à ce qu'elle crie, mais à la place, elle laisse échapper un gémissement.

Mes doigts se resserrent dans ses cheveux, et je pousse ma bite plus fort contre elle tandis que je mordille l'endroit que je viens de lécher. Mes dents ne percent pas la peau, mais je suce quand même. Je veux laisser une marque sur elle pour qu'elle se souvienne de ça. Qu'elle se souvienne de moi. Dieu sait qu'elle sera la seule chose à laquelle je penserai quand ils me jetteront en cellule de confinement.

Je n'ai plus beaucoup de temps devant moi, alors après avoir laissé ma marque sur son cou, je déplace mes lèvres vers son oreille. « Quand tu mets tes doigts dans ta chatte, fais comme si c'était moi. » Je pousse contre elle une fois de plus avant de sentir des bras m'arracher d'elle.

Je parviens à libérer mes doigts de ses cheveux avant qu'ils ne me fassent sortir d'elle, et entrelacés entre eux se trouve le ruban rose. Je lutte avec les aides-soignants, et dans le mouvement, je cache le ruban sous le devant de mon pantalon. Avec ma bite toujours dure comme de la merde, ils ne mettront pas leurs mains là-dedans de sitôt.

Après cela, j'arrête de résister et je les laisse m'emmener. Je jette un dernier regard à Mia, qui est toujours appuyée contre le mur, les joues rouges et les cheveux en bataille. Nos regards se croisent, et je lui fais un clin d'œil juste au moment où je sens la piqûre d'épingle sur mon cul. C'est

la dernière chose dont je me souviens avant que le monde autour de moi ne disparaisse.

Chapitre Trois

DISPARU

Cela fait une semaine et le suçon sur mon cou persiste toujours. Au moins, maintenant, il est plus facile de le dissimuler avec du maquillage. Je frotte mon doigt sur l'endroit où Jamison a laissé sa marque et me souviens de la façon dont mon corps y a réagi. Il m'avait plaquée contre le mur pendant qu'il était pressé contre moi, et même des heures plus tard, je pouvais encore le sentir là.

C'était difficile à oublier parce que chaque fois que je m'endormais, j'en rêvais. Chaque fois, je me réveillais avec ma culotte presque trempée. Une fois, je me suis réveillée avec ma main entre mes jambes et mes doigts à l'intérieur de moi.

Ça m'a choquée au plus haut point. Bien sûr, je me suis masturbée, mais ce n'est pas exactement une tâche facile quand on partage un dortoir et qu'on a des colocataires. C'est la première fois que je vis dans un endroit où j'ai une chambre pour moi.

Le truc, c'est que quand je me touchais avant, je ne mettais jamais mes doigts à l'intérieur de moi. Depuis que Jamison a dit ces mots orduriers, c'est comme si je ne pouvais penser à rien d'autre.

« Qu'est-ce qui ne va pas chez toi ? » Je me dis devant le miroir. Ce genre de réflexion ne peut rien apporter de bon. Je souffle, puis je sors mon anticernes pour couvrir la tache avant de commencer mon service.

J'ajuste le ruban violet dans mes cheveux avant de les repousser sur une épaule. Cela permet de mieux couvrir le suçon, et je n'ai besoin de personne d'autre pour me rappeler ce qui s'est passé. Tout cet épisode m'a donné l'impression d'avoir été surprise en train de faire quelque chose de mal alors que ce n'était pas le cas. Peut-être parce que je savais à quel point c'était mal et que j'ai quand même apprécié. Mais personne d'autre ne le saurait.

Je range mon compact dans mon sac et mets mon téléphone portable en mode silencieux avant de le ranger dans mon casier. Lorsque je sors du vestiaire des infirmières, Alton est adossé au mur comme s'il m'attendait.

« Hé, Mia », dit-il en souriant. « Je vais t'accompagner. »

« Tu n'es pas obligée de faire ça », lui dis-je. Je suis encore nouvelle, mais je connais mon chemin. Et je reste pratiquement dans l'aile de l'asile.

« Je vais monter de toute façon. » Il me fait signe de lui montrer le chemin, et je suppose que je ne peux pas lui donner tort.

Pour ouvrir la porte de l'escalier, je scanne mon badge, et Alton me suit de près. Je jure que je peux sentir ses yeux sur mes fesses, mais je monte rapidement les deux étages avant de scanner à nouveau mon badge. Lorsque nous sortons dans le service, Olivia nous attend.

« Bonjour », dit Olivia, l'air prête à sortir d'ici.

« Bonsoir », dis-je, et nous rions tous les deux. Je suis là pour la remplacer. Les infirmières de jour ont terminé, et il est maintenant temps que l'équipe de nuit commence.

« Quelque chose dont je devrais être au courant ? » Je sais que cela ne fait qu'une semaine, mais je commence à prendre le coup de main. Le plus dur jusqu'à présent a été d'apprendre à connaître tous les patients. Ainsi que certaines de leurs petites manies, comme j'aime les appeler. Non pas que je les juge. J'en ai moi-même.

« Non. C'était une nuit tranquille. » Olivia prend note d'un dossier avant de le remettre à notre comité de patients. J'apprécie son habitude de prendre de nombreuses notes. Cela m'a beaucoup aidée. « Oh, sauf que Jamison Coy est de retour de l'isolement. »

Je déteste ce mot, et c'est une pratique avec laquelle je suis en profond désaccord. L'isolement est une punition et ne fait rien pour aider la santé mentale de Jamison. Je comprends la nécessité d'éloigner quelqu'un pendant un certain temps pour l'aider à se calmer, mais sept jours me semblent excessifs. Cela seul peut rendre quelqu'un dangereux.

Mais je dois faire confiance aux personnes responsables pour savoir ce qu'elles font. De plus, je ne suis pas ici depuis assez longtemps pour exprimer mes inquiétudes. Pour l'instant, il vaut mieux garder la tête basse et acquérir plus d'expérience. J'ai lu des articles sur l'isolement après avoir appris que c'était là qu'ils avaient emmené Jamison. J'ai été heureux de voir que les études de test correspondaient à mes convictions personnelles sur le sujet.

« Était-il calme ? » Je m'appuie contre le bureau de notre petit espace de travail.

« Normalement, il l'est, mais Jamison peut avoir ses moments. »

Je voudrais dire que nous ne le faisons pas tous, mais nous décidons de ne pas le faire. « Je suis contente qu'il aille mieux. » J'ai envie de poser plus de questions à son sujet, mais je ne veux pas attirer l'attention sur ma curiosité.

« Je veux dire, Jamison peut être pénible, mais il n'a jamais rien fait de tel auparavant. »

Il n'a donc jamais demandé à quelqu'un s'il pouvait le manger par derrière ? Se souvenir de ces mots est une mauvaise idée parce que je peux sentir la chaleur fleurir au plus profond de mon estomac. J'aurais dû détester l'entendre me demander quelque chose d'aussi vulgaire, mais ce ton bourru m'a fait quelque chose.

« Tu veux dire avec ce qu'il a dit ? Il n'a jamais fait ça avant ? » J'essaie de garder un ton professionnel tout en désespérant d'en savoir plus.

« Et qu'est-ce qu'il a fait, ma fille. » Elle se penche un peu plus près, et je me mords l'intérieur de la joue pour m'empêcher de sourire. Ce serait totalement inapproprié. — Ne vous méprenez pas, nous avons quelques pervers ici qui essaient de se faire une idée ou de dire des conneries grossières, mais Jamison n'a jamais fait ça. La plupart de ses accès de colère sont dus à sa colère et sont toujours dirigés contre les membres masculins du personnel. Elle hausse les épaules et attrape son manteau. — Cela dit, il ne se retient pas d'exprimer ses opinions au personnel féminin, même si ce n'est pas de nature sexuelle.

— Je ne sais pas trop quoi penser de ça. —

Il doit aimer ton apparence. Je veux dire, cet homme a passé dix ans dans cette cage. Qui sait s'il a déjà été avec une femme. —

Il est ici depuis dix ans ? Je ne pouvais pas imaginer. S'il était ici pour avoir commis un crime, il serait de l'autre côté de l'asile. Il y a une unité pour les personnes envoyées ici sur décision de justice qui s'occupe d'actes criminels, mais notre côté est réservé aux traitements émotionnels et de santé mentale.

— Ouais, il est arrivé peu de temps après moi.

— Pourquoi est-il ici exactement ? —

Crois-moi, je me suis déjà posé la même question. Elle me lance un regard noir. — J'ai appris à arrêter de poser des questions et à faire mon travail.

— D'accord, dis-je, saisissant l'allusion. Est-ce qu'il a une famille ? —

Son contact d'urgence est son père, mais je ne l'ai jamais vu. En y repensant, je ne me souviens pas que Jamison ait jamais eu de visiteurs.

Pourquoi la famille de quelqu'un l'abandonnerait-elle dans un hôpital ? C'est glaçant. À moins qu'il y ait plus à dire sur l'histoire de Jamison. Il doit y en avoir... et je vais le découvrir.

Chapitre quatre

JAMISON

— Ça te dérange, Alton ? Je demande à l'infirmier en chef, qui se tient à côté.

Il s'approche et jette un œil à mon livre, puis souffle avant de tourner la page. Il a encore une légère ecchymose sur la joue, due à l'endroit où je l'ai frappé la semaine dernière, mais elle est presque guérie. Je me suis excusé auprès de lui quand ils m'ont laissé sortir de l'isolement, mais je pense que nous savons tous les deux que je ne le pensais pas vraiment. Si j'en avais l'occasion, je le referais. C'est pourquoi ils ont attaché mes mains à la table.

D'après ce que j'ai vu de mon dossier, le Dr Crane a ordonné une observation étroite et des mesures de contention pour les prochains jours. Je suis sûr qu'ils veulent s'assurer que je peux me comporter correctement avant de me relâcher dans la nature. Pour être juste, j'ai payé cher mes actes. Jimmy est même venu pour avoir son tour, mais il prend toujours soin de cacher les ecchymoses là où personne ne peut les voir.

C'est ça, à Bellevue : l'illusion du contrôle est presque aussi importante que la soumission de leurs patients. J'ai appris à arrêter de rêver du jour où je quitterais cet endroit et à me concentrer plutôt sur un Une monotonie paisible.

Et puis, la petite Miss Mia a tout foutu en l'air. Heureusement, j'ai pu utiliser mon temps d'isolement pour me reprendre en main. Ce soir ne sera pas comme la dernière fois. Peu importe à quel point je la veux.

Je regarde Alton vérifier les autres patients dans la salle de groupe avant d'être appelé pour aider un patient. En le regardant partir, je pense qu'il a dépassé depuis longtemps l'âge de la retraite. Mais je sais qu'il n'a pas de femme ni de famille chez qui rentrer. Nous sommes tous les deux prisonniers dans cet asile, mais au moins il est ici par choix. Bon, je suppose que techniquement ce n'est pas un choix parce qu'il est victime de chantage, mais c'est un secret que je ne suis pas censée connaître. Parfois, quand Jimmy s'énerve, il laisse échapper des choses.

"Qu'est-ce que tu lis ?" La voix douce vient de derrière moi, et c'est comme le ronronnement d'un chaton. Le son envoie une vague de plaisir dans ma colonne vertébrale, et je me laisse savourer.

Quand Mia se déplace pour se tenir à côté de moi, je fais un signe de tête vers la chaise vide. Elle hésite, et je lève les mains pour lui montrer les menottes en cuir. Elles sont attachées à mes pieds, donc je ne peux pas les lever suffisamment pour l'attraper. Elle doit s'en rendre compte aussi, car elle tire la chaise à côté de moi et s'assoit.

« Shining. » Elle cligne des yeux de surprise, et ses yeux s'écarquillent. « Ils t'ont laissé lire ça ici ? »

Je souris en me penchant vers elle. « Tu as peur que ça me donne des idées ? »

« Non, je... » se précipite-t-elle pour dire, mais elle décide ensuite d'être honnête. « Eh bien, ouais, peut-être. »

Je prends mon temps pour regarder sa blouse et chacune de ses courbes qu'elle ne cache pas. Mes yeux s'attardent sur son cou où j'avais ma bouche, et je passe ma langue sur mes dents. Elle me regarde la regarder, et je peux pratiquement sentir son excitation.

« Il y a beaucoup, beaucoup de choses que je veux te faire, Petite Miss Mia. » Mes yeux rencontrent les siens, et je ne romps pas le lien. « Mais te tuer n'en fait pas partie. »

« Est-ce que c'est dans le top dix ? » dit-elle puis rit nerveusement.

« Pas encore », lui dis-je, et je ne sais pas si l'éclair dans ses yeux est de la peur ou du désir. « Comment va ton cou ? »

« C'est bon », répond-elle trop rapidement, et je ne rate pas la façon dont sa main se dirige vers ses cheveux pour s'assurer qu'ils couvrent la marque.

— J'aime le ruban violet.

— Merci. Sa réponse polie est automatique, et ses doigts en font tournoyer les bords.

— Puis-je l'avoir ?

Ses doigts s'arrêtent, puis elle hésite. — Je ne suis pas sûre que ce soit autorisé. —

C'est dommage. J'espérais qu'il pourrait rejoindre l'autre. —

Tu as mon ruban rose ? Ses sourcils se froncent, et je me demande si elle n'avait pas envisagé cette possibilité jusqu'à maintenant.

J'avais espéré qu'en s'asseyant, elle ne pensait pas que j'aurais beaucoup de mouvement. Si elle le savait, elle ne se serait probablement pas assise si près. Avant qu'elle ne puisse s'éloigner, j'accroche mon pied autour du pied de la chaise sur laquelle elle est assise et je la tire brusquement juste à côté de moi. Elle laisse échapper un halètement de surprise, et bien que je ne puisse pas l'attraper avec mes mains, elle est enfermée avec moi.

« Bien sûr que j'ai ton ruban », dis-je en me penchant et ma bouche planant sur la sienne. « Il est enroulé autour de ma bite en ce moment même. »

Elle aurait pu crier à l'aide, mais sa peur et peut-être même un peu de désir l'ont figée sur place.

« J'aime qu'il soit là, me serrant fort. Tout comme je sais que ta chatte le ferait. » Je lèche sa lèvre inférieure, et elle ne s'éloigne pas. Peut-être que je l'imagine, mais je pense qu'elle se penche plus près. « Tu t'es fait foutre et tu as pensé à moi ? »

« Jamison. » La façon dont elle prononce mon nom, c'est comme si elle l'entendait pour la première fois.

« Je suis douée pour garder des secrets. Tu peux me le dire. » Je lui lèche à nouveau la lèvre, et elle hoche légèrement la tête. « C'est une bonne fille. » Je frotte mon nez contre le sien, et elle me regarde à travers ses cils. « Maintenant, donne-moi le ruban. »

« D'accord. » Sa main tremble alors qu'elle tend la main et retire le ruban de ses cheveux. Une fois qu'il est libre, elle me le tend.

« J'ai les mains liées », lui dis-je en désignant le devant de mon pantalon. « Tu devras le faire pour moi. »

Elle garde les yeux fixés sur les miens tandis qu'elle enfile lentement le devant de mon jogging et fait glisser le ruban le long de celui-ci. Je ne porte pas de sous-vêtements, et sa main effleure ma bite dure. Ses yeux s'écarquillent, mais elle ne retire pas sa main. Au lieu de cela, elle entoure ma bite de ses doigts comme si elle mesurait ma circonférence.

La sensation d'elle sur moi, son odeur si proche, comment allais-je résister ? Ce seul contact est tout ce qu'il faut pour que je jouisse sur sa main et dans mon pantalon.

Dès que je suis épuisé, elle retire sa main et me fixe avec une expression que je ne peux pas déchiffrer. Est-ce du regret ?

Elle entrouvre les lèvres pour dire quelque chose, mais les portes de l'autre côté de la salle de groupe s'ouvrent brusquement, et le Dr Crane les traverse.

Chapitre Cinq

DISPARU

Qu'est-ce que j'ai bien pu faire ? Je cache ma main sous la table, mais je sens toujours la libération de Jamison sur elle. Je l'essuie le long de la ceinture de ma blouse pour pouvoir baisser mon haut par-dessus. Je prie pour que cela la cache, car je ne peux pas faire grand-chose d'autre.

Lorsque je me lève de ma chaise, je suis reconnaissante que Jamison ait débloqué sa jambe autour d'elle. Je dois mettre un peu de distance entre nous avant que le Dr Crane ne voie ce que j'ai fait. Lorsque je le regarde, je vois ses yeux se plisser légèrement comme s'il essayait de comprendre quelque chose. Mon

cœur commence à battre alors que le Dr Crane se dirige vers nous. Je regarde Jamison du coin de l'œil et je me demande s'il va dire quelque chose à propos de ce que nous avons fait. Ou, je suppose, de ce que j'ai fait. Cela pourrait mettre fin à ma carrière d'infirmière avant même qu'elle ne commence. À quoi pensais-je ? Évidemment, non.

Je pourrais mentir.

Cette pensée me traverse. Je ne pourrais pas faire ça. Ce serait une telle trahison envers Jamison. Bien sûr, ce serait facile, et tout le monde me croirait après ce qui s'est passé entre Jamison et moi. Sans compter qu'il est patient dans cette situation. Ils me croiraient sur parole en un clin d'œil. J'en suis sûre.

Jamison se penche en arrière sur sa chaise autant que ses attaches le lui permettent. Il est plus détendu que jamais, mais je suppose que le fait d'avoir joui il y a deux secondes l'a aidé. Je l'avais à peine touché, et il a joui sur nous deux.

Je baisse les yeux pour voir s'il y a une tache humide sur son pantalon, mais il n'y a rien. Cependant, il est toujours dur et le contour de sa bite est prononcé. Pourquoi n'est-il pas descendu après qu'il ait joui ? Je lèche mes lèvres soudainement sèches et presse mes cuisses l'une contre l'autre. J'aurais pensé que la soudaine montée de la réalité calmerait mes désirs, mais nous y sommes.

Dans sa barbe, Jamison me murmure : « Détends-toi, Mia. »

Dans une sorte de tournure tordue des événements, les mots de Jamison ont exactement cet effet. Je me détends dans mon fauteuil et un étrange sentiment de confiance s'installe entre nous. Il ne va pas me causer d'ennuis. Je ne sais pas exactement comment je le sais, mais je vais l'ajouter à toutes les autres choses étranges que je ressens quand je suis avec lui.

« Bonsoir, Dr Crane. » J'essaie de garder une voix égale et courtoise.

« Mia », dit le Dr Crane en me souriant. « Je vous ai dit de m'appeler James. » Il l'a fait, mais c'est incroyablement peu professionnel, surtout maintenant que nous travaillons ensemble.

« Peut-être qu'elle ne veut pas vous appeler comme ça. » Jamison me fait un clin d'œil. « Je peux vous donner quelques autres noms parmi lesquels choisir. »

Le sourire du Dr Crane disparaît. « Quelqu'un n'a-t-il pas eu assez de temps en solitude ? » s'exclame-t-il, me faisant me redresser.

« Quelqu'un est-il jaloux que j'aie eu le premier goût ? » Jamison sourit et un petit halètement m'échappe. Je ne devrais pas être choquée. D'après tout ce qu'il m'a dit, c'est presque inoffensif.

« Ça suffit », dit le Dr Crane en regardant autour de la pièce. « Où est Alton ? »

« Tout va bien. » Je me lève et pose ma main sur l'épaule de Jamison. Je ne veux pas qu'il ait des ennuis et, de toute évidence, j'en suis en partie responsable. J'ai laissé les choses aller plus loin qu'elles n'auraient dû et je ne sais toujours pas ce qui m'a pris. Il y a une mystérieuse attirance entre nous et elle est même présente dans mon sommeil. « Nous étions juste en train de lire, mais je devrais finir ma tournée. »

« Je vais marcher avec vous. » Le Dr Crane ne me laisse pas le choix et me fait signe de passer devant lui.

« Ce n'est pas le loup qui paraît le plus dangereux, c'est le loup qui ressemble le plus au mouton. » Jamison dit cela alors que je passe devant lui, mais pas avant que je ne m'arrête et que je tourne la page pour lui.

« Mia. » Le Dr Crane me presse et j'ai l'impression, au regard noir qu'il lance à Jamison, que ce n'est pas fini entre eux deux. Je ne comprends pas pourquoi le Dr Crane laisserait un patient l'embêter. J'ai supposé que, comme c'est sa profession, il serait habitué à ce genre de comportement et que les choses ne l'affecteraient pas si facilement.

Ce n'est que lorsque nous sommes seuls dans le couloir que le Dr Crane parle enfin. « Vous devriez rester loin de Jamison. »

« Mais c'est l'un de mes patients », lui ai-je rappelé. De plus, je ne pense pas que je le ferais même si je savais que je le devrais.

« Vous souvenez-vous de ce qu'il vous a fait ? » demande-t-il.

C'est le problème. Je ne peux pas oublier.

Le Dr Crane s'arrête de marcher et m'attrape par le coude, m'incitant à m'arrêter avec lui. « Il est dangereux. »

Je ne pourrais pas être plus d'accord, mais je pense que c'est pour une raison très différente de celle du Dr Crane. « Si j'avais peur d'être blessé, alors je n'aurais pas dû accepter ce travail. » Je pense qu'il est évident qu'avec les patients ici à l'asile de Bellevue, le risque d'être blessé est non seulement élevé mais probable. Bon sang, j'ai dû signer plusieurs décharges de responsabilité.

« Il a une sorte d'obsession pour vous. » Le Dr Crane écarte mes cheveux de mon épaule et regarde la légère marque sur mon cou. J'ai envie de lui donner une claque sur la main, mais j'essaie de rester immobile. Il me met mal à l'aise, et je ne veux pas provoquer davantage son irritation. Les mots de Jamison à propos du loup commencent à avoir du sens.

« C'était une fois, et j'ai pris l'initiative de m'approcher de lui aujourd'hui », avoue-t-il. À la seconde où je l'ai vu, mes pieds ont bougé d'eux-mêmes dans sa direction. Je ne peux pas expliquer cette attirance intangible pour Jamison.

« Pourquoi ? »

« Je ne voulais pas que les choses soient gênantes. J'ai pensé qu'il valait mieux le confronter et passer à autre chose. Surtout si je dois travailler avec lui à l'avenir. » Je repousse mes cheveux en arrière pour que le Dr Crane puisse arrêter de me fixer le cou d'un air effrayant.

Le Dr Crane que j'ai rencontré à l'université n'est pas le même que celui que j'ai rencontré en dehors d'une salle de classe. Même quand je l'ai croisé par hasard dans l'immeuble, les choses me semblaient bizarres. Je me suis retrouvée mal à l'aise d'être seule avec lui. Mais encore une fois, je n'étais pas vraiment seule avec lui avant. Après aujourd'hui, je ne devrais peut-être pas me fier à mon propre jugement.

« Je veux juste que tu sois prudente. Certains de nos patients sont très dangereux. Je ne voudrais pas qu'il t'arrive quelque chose. » Le Dr Crane s'approche. « Tu es une fille très spéciale, Mia. »

« Merci », réussis-je à dire alors qu'il envahit mon espace.

« Pas de ruban aujourd'hui ? »

Quand il tend la main pour me toucher les cheveux à nouveau, je fais un pas en arrière. « J'ai dû l'oublier. » Sa main retombe à ses côtés et je fais un signe de tête en direction du poste des infirmières. « Je devrais retourner à ma tournée. »

« Fais ça, Mia. » Le Dr Crane m'adresse un de ses sourires caractéristiques que tant d'étudiants admirent pendant les cours. « À bientôt. »

Ses mots contiennent une promesse non dite que je suis sûr de ne pas vouloir qu'il tienne.

Chapitre Six

JAMISON

Cela fait une semaine qu'elle ne m'a pas touché, mais je me comporte aussi de mon mieux. Mia vient régulièrement dans la salle de groupe, mais après qu'ils ont retiré les menottes, je n'ai pas eu besoin d'aide pour tourner les pages de mon livre. J'ai eu une conversation polie pendant qu'elle faisait sa tournée, mais j'ai gardé mes distances.

Techniquement, je suis l'un de ses patients, mais je n'ai pas besoin de médicaments quotidiens. Ils ont essayé de me les faire faire pendant les premières années, mais soit je n'ai pas réagi aux médicaments, soit j'ai trouvé des moyens de les éviter. Mon dossier médical contient une ordonnance pour un examen physique hebdomadaire de la part de mon infirmière de jour, mais par chance, elle n'a pas pu me le faire aujourd'hui. L'un des patients de la salle de groupe a eu besoin de soins médicaux après s'être écrasé la main contre une fenêtre. Comme elle s'en occupait, mon examen physique hebdomadaire doit être effectué par mon infirmière de nuit. Petite Miss Mia.

Je sais ce que vous pensez, et ce n'est pas moi qui ai écrasé la main de Dwight. Je ne suis pas un monstre.

Dwight était assis près de la fenêtre et marmonnait pour lui-même pendant des heures. Il s'énerve toujours après une visite chez sa famille. Cette fois, il n'arrêtait pas de parler des araignées. Tout ce que j'ai fait, c'est de lui signaler gentiment qu'une araignée rampait vers lui. J'ai même suggéré que s'il fermait la fenêtre, il pourrait les empêcher d'entrer.

La prochaine chose que j'ai su, il hurlait et le personnel se précipitait dans la salle de groupe. Comment aurais-je pu faire ça alors que j'étais assis sur le canapé à lire ?

Après toute l'agitation provoquée par la blessure de Dwight, j'ai dû retourner dans ma chambre pour avoir un peu de paix et de tranquillité. Puis l'anticipation de la venue de Mia pour me faire mon examen physique était écrasante, et j'ai dû me soulager. J'ai attaché ses rubans autour de ma bite et me suis caressé fort et vite. Ensuite, tout ce que j'ai eu à faire, c'est de me souvenir de la façon dont elle m'a touché, et je n'ai pas pu m'empêcher de jouir.

Au moment où le soleil s'est couché et que le service de nuit a commencé, je suis pratiquement excité. Je ne prends même pas la peine de quitter ma chambre et m'assois sur le lit et attends que Mia vienne à moi.

J'ai lu le même paragraphe sept fois et je n'en ai pas entendu un mot quand j'entends frapper à ma porte. Je lève les yeux et vois que Mia porte une blouse jaune aujourd'hui. Il y a des petits glands dessus, et je trouve l'ironie de la voir couverte de noix amusante. Le ruban jaune dans ses cheveux fait frémir mes doigts, mais je reste calme alors qu'elle entre.

« J'ai entendu dire qu'il y a eu un incident dans la salle de groupe cet après-midi », demande-t-elle en tirant le chariot médical derrière elle. « Tout va bien ? »

« Rien qu'Olivia ne puisse gérer. » Je balance mes pieds sur le bord du lit mais reste assis. Avec la petite taille de Mia et ma grande taille, dans cette position, nous sommes presque face à face.

« C'est une infirmière à l'ancienne. Je l'aime bien », dit Mia avec désinvolture.

« Qu'est-ce que tu aimes d'autre ? » je demande en passant la main derrière mon cou et en attrapant le dos de ma chemise. Je l'enlève lentement et observe sa réaction. Je suis heureux de voir qu'elle prend son temps pour apprécier la vue.

Elle se racle la gorge et prend le brassard de tensiomètre. « Des livres et, euh, des films. »

« Quelque chose que je saurais ? » Je tends mon bras et elle fait glisser le brassard jusqu'à mon biceps.

« Probablement pas. » Quand ses joues rougissent, je suis encore plus curieux.

« Dis-moi », dis-je, et ses yeux croisent les miens. Ce n'est pas poli de ma part d'exiger une réponse, mais j'aime qu'elle y réponde.

« J'aime les histoires d'amour. » J'attends qu'elle continue, et elle se mord la lèvre inférieure. Puis elle cite quelques titres, et je suis surpris de connaître la plupart d'entre eux.

« Les gens considéreraient-ils vraiment Dracula comme une histoire d'amour ? »

« Je pense que oui. » Elle me sourit et allume la machine. « Qu'est-ce que tu aimes lire ? À part des livres effrayants. »

« Tout ce qui me fait oublier cet endroit », je réponds honnêtement.

« Tu es ici depuis longtemps. » J'acquiesce, puis elle semble vouloir en dire plus.

« Oui, c'est vrai. » Je penche la tête sur le côté tandis qu'elle sort son stéthoscope. « Je suis sûr que tu as vu que ce n'est pas sur mon dossier la raison pour laquelle je suis ici. »

Lorsqu'elle hoche la tête, je sais que j'ai deviné correctement ce qui l'intéresse. « Il y a beaucoup de notes sur les plans de traitement qu'ils ont essayés. Mais c'est à peu près tout. »

Elle porte le stéthoscope sur ma poitrine nue et le presse sur mon cœur. Quand elle est si près, je peux sentir mon contrôle soigneusement construit commencer à se dissoudre.

« Veux-tu savoir la vraie raison pour laquelle je suis ici ? » Ses yeux se lèvent brusquement pour rencontrer les miens, et je me penche vers elle. Si près que nos lèvres se touchent presque. « J'ai vu des choses que je n'aurais pas dû voir. »

« Quel genre de choses ? » murmure-t-elle, et je peux sentir son souffle contre ma bouche. Ses yeux sont fermés, et je peux pratiquement goûter son désir.

« Des choses sombres. » Lentement, je tends la main et mets doucement ma main autour de son cou. « Le genre de choses que je veux te faire. »

Ses pupilles se dilatent, et je peux sentir son cœur battre plus fort sous mon contact. Peut-elle entendre le mien à travers le stéthoscope ? Lorsque sa langue sort pour lécher ses lèvres, je comble la distance entre nous et presse ma bouche contre la sienne. Elle ne semble pas choquée par ma possession alors que je demande l'entrée pour la goûter. En fait, elle s'ouvre avec impatience pour moi et me laisse prendre ce que je veux. Mais mes doigts ont leur propre volonté, et je les serre très légèrement pendant que nous nous embrassons.

La façon dont elle se donne à moi est meilleure que n'importe quelle drogue dans cet asile, et je suis intoxiqué par ce pouvoir. Quand je lui lèche la langue, elle fait de même, et quand je serre son cou plus fort, elle gémit de désir.

« Regarde comme tu es jolie avec ma main en guise de collier. » Je mordille sa lèvre inférieure, et son corps fond contre le mien.

Ma main libre tire sur le devant de sa jolie blouse jaune jusqu'à ce que son pantalon s'ouvre. Je ne suis ni lent ni doux alors que je pousse sa culotte mouillée sur le côté et enfonce deux doigts dans sa chatte lisse. Elle est trempée, et la sensation de son humidité me fait grogner de faim.

J'ai une main sur son cou et l'autre doigt baise sa chatte pendant que ses yeux restent fixés sur moi. J'utilise mes doigts comme j'utiliserais ma bite, et je prends, prends et prends jusqu'à ce qu'elle se déchire. Sa bouche s'ouvre, mais elle est une si bonne fille et reste silencieuse alors que l'orgasme la frappe comme un train de marchandises.

La sensation de sa crème sur mes doigts alors que j'ai sa vie entre mes mains me fait me sentir comme un dieu. Je ne veux pas que ce moment se termine un jour, mais il n'y a pas de verrou sur ma porte, et nous sommes loin d'être seuls.

Je prends mon temps pour libérer son cou tandis que je retire mes doigts de sa fente glissante. Elle me regarde avec de grands yeux tandis que je les porte à ma bouche et passe lentement ma langue sur chaque doigt. Je fais attention à ne pas manquer une seule goutte de son désir, et je fredonne de plaisir au goût.

Quand j'ai fini, elle attache sa blouse et détourne le regard avec embarras. Je lui attrape le menton et attends que ses yeux rencontrent les miens. « Tu me dois quelque chose. »

« Je te dois quelque chose ? » Mia baisse les yeux sur mes genoux, et je n'ai aucun doute que ma bite a trempé le devant de mon pantalon.

Incapable de me contrôler, je l'embrasse une fois de plus avant de relâcher son menton et d'attraper ses cheveux. Elle cligne des yeux de surprise alors que je dénoue le ruban jaune et le glisse sous mon oreiller.

« La prochaine fois, tu me rendras la pareille », lui dis-je juste avant qu'Alton n'entre dans ma chambre.

« Te voilà », dit-il en attrapant le chariot médical. « Tu sais qu'un aide-soignant doit être présent lors d'un examen médical. »

Chapitre Sept

MIA Alors que j'attache le ruban vert dans mes cheveux, ma première pensée est pour Jamison. De qui je me moque ? Je ne peux rien faire sans penser à lui. Ce n'est pas la première fois que je me demande si quelque chose ne va pas chez moi. Je ne devrais pas être aussi obsédée. Lorsque je serre le ruban, j'essaie de ne pas analyser le fait que

j'ai choisi cette couleur parce que je sais qu'il ne l'a pas. Voudra-t-il celle-ci aussi ? Et si c'est le cas, comment va-t-il me la voler ? L'anticipation fait durcir mes tétons. Je ne suis pas sûre de pouvoir être à nouveau seule avec lui. Du moins pas pour un moment.

"Mia !" crie Emily avant d'ouvrir la porte de ma chambre sans frapper. Je commence à regretter de vivre dans mon dortoir. Même si je devais partager ma chambre, ils n'étaient pas aussi intrusifs qu'Emily peut l'être. Je suis censée avoir mon propre espace ici. L'espace personnel, cependant, n'est pas un concept dont Emily est consciente.

« Tu ne peux pas frapper ? Et si j'étais déshabillée ? »

« Nous sommes toutes les deux infirmières, et j'ai tout vu. » Emily me lance un paquet et je l'attrape. Alors qu'il atterrit dans mes mains, un livre tombe et tombe par terre.

« Tu as ouvert mon courrier ? » J'essaie de ne pas laisser transparaître l'irritation dans ma voix, mais je ne suis pas sûre d'y parvenir.

« Désolée, je ne faisais pas attention. » Emily hausse les épaules ; son expression ne révèle aucun remords. « C'est une merde perverse que tu as là. »

Je me penche et attrape le livre. « Alors tu as ouvert mon courrier et tu l'as ensuite parcouru ? »

Elle me regarde de haut en bas comme si elle réévaluait quelque chose. « Je ne pensais pas que tu aimerais ce genre de conneries. »

« Ce n'est qu'un livre », dis-je sur la défensive. Je ne sais pas si je suis intéressée ou non. J'ai toujours été attirée par les romances sombres, mais chacun a ses clichés préférés. Ce n'est pas parce que j'aime aussi les romances de bébé secret que je veux tomber enceinte. N'est-ce pas ? Eh bien, peut-être qu'il vaut mieux ne pas y aller.

« Vraiment ? C'est un livre pervers avec un héros qui exagère avec son obsession. »

« Combien de temps as-tu lu ? » Je sais comment est le héros. J'ai lu Dracula : L'histoire de D une douzaine de fois dans ma vie. C'est l'un de mes préférés.

Le héros ne peut pas fonctionner sans l'héroïne. Il ne laissera que mort et destruction dans son sillage si quelqu'un essaie de l'éloigner de lui. C'est plus que dégueulasse, mais c'est de la fiction, et c'est acceptable. Jusqu'à ce que le lecteur commence à le désirer.

« C'est peut-être arrivé hier. » Emily hausse les épaules avant de s'appuyer contre la porte de ma chambre. Bien sûr que c'est arrivé hier. « Si tu aimes ce genre de choses, je connais un club. »

« Un club ? » Je m'assieds sur le bord de mon lit pour enfiler mes chaussures.

« Un club de sexe. » Elle lève les sourcils dans ma direction.

— Ah, je n'en suis pas sûre. —

Réfléchis-y. Tu ferais un carton.

— Vraiment ? Je dis ça avant même que je puisse m'en empêcher. Je ne sais pas si je me sentirais un jour à l'aise dans un club échangiste, mais pourquoi penserait-elle que je ferais un carton ?

— Tu es vierge, n'est-ce pas ? La chaleur me monte au visage, lui donnant la réponse. — C'est ce que je pensais. Elle rit, et c'est clairement dirigé vers moi.

— Je dois y aller. J'attrape mon livre et le fourre dans mon sac de travail.

— Tu ne commences pas avant une heure.

— Je dois faire quelques courses, dis-je en mentant.

— Quel genre ?

Bon sang, c'est quoi toutes ces questions ? — À plus tard, répondis-je parce que je ne veux pas lui répondre.

Quand je sors de notre appartement, j'utilise les escaliers. La dernière fois que j'ai pris l'ascenseur, j'ai accidentellement heurté le Dr Crane. Je n'ai pas besoin qu'il me pose un million de questions aujourd'hui non plus. Surtout sur l'endroit où je vais. La bibliothèque ne semble peut-être pas être un endroit étrange à visiter, mais la raison pour laquelle j'y vais n'est pas vraiment innocente. Je suis peut-être aussi un peu paranoïaque parce que je ne veux pas faire ça sur mon propre ordinateur.

En entrant dans la bibliothèque, je souris à la dame à l'accueil avant de trouver un ordinateur au fond. L'endroit est assez vide, donc trouver un bureau privé n'est pas difficile. Je sors de mon sac le bout de papier avec le nom complet de Jamison et sa date de naissance, ainsi que le nom de son père.

La première chose que je fais est d'entrer le nom de son père, et je suis choqué par les résultats. La première chose qui apparaît sont des images de Harvey Coy. Je ne peux pas manquer la ressemblance entre lui et Jamison. Je clique sur quelques-unes des images et vois que la première date de plusieurs années. En continuant à cliquer, je remarque que le temps n'a pas été tendre avec Harvey.

« Oh mon Dieu », je me murmure à moi-même quand je vois pourquoi Harvey Coy est un nom si facile à rechercher. C'est un avocat, même s'il n'exerce plus. Son cabinet est énorme, et je parcours les articles dans l'espoir de trouver quelque chose sur Jamison.

Mon cœur se serre lorsque je tombe sur un article sur la mère de Jamison. La photo du haut montre un jeune Jamison, peut-être adolescent, debout à côté de son père à son enterrement.

L'article de presse dit qu'elle était infirmière avant de devenir mère au foyer avec son seul enfant, Jamison. Je m'arrête quand je lis que sa mort a été causée par le syndrome de mort subite de l'adulte, plus connu sous le nom de SADS. Les médecins légistes détestent mettre cela comme cause de décès, mais parfois il n'y a pas d'autres options.

Je fais défiler la page vers le haut pour voir la photo de Jamison à son enterrement. Il a l'air tellement triste, et ça me brise le cœur pour lui. Ce qui est étrange, c'est l'espace entre lui et son père. À un moment où ils devraient se réconforter, il a l'air tout seul au monde.

Je suis sur le point de fermer l'article quand je regarde la photo une dernière fois, et un visage familier attire mon attention. J'étais tellement concentré sur Jamison que je n'ai pas remarqué la personne debout de l'autre côté d'Harvey Coy.

« C'est quoi ce bordel ? » me dis-je, et l'alerte sur mon téléphone se déclenche. Cela me rappelle que je dois me rendre au travail maintenant pour ne pas être en retard.

Je prends mes affaires mais je parviens à sauvegarder la photo et à me l'envoyer par e-mail avant de me déconnecter. Tout au long du trajet jusqu'au travail, j'ai un sentiment étrange dont je ne peux me défaire. J'ai besoin d'en savoir plus.

Quand j'arrive au travail, je vais directement au vestiaire et je range mon sac. Avant de le fermer, je sors le livre que j'ai commandé et je le feuillette. Quand je trouve mon passage préféré, je retire le ruban de mes cheveux et l'utilise comme marque-page.

Avant d'aller au poste des infirmières, je me faufile dans la chambre de Jamison et pose le livre sur son oreiller. Il est toujours dans la salle de groupe à cette heure-là, mais au cas où, je ne m'attarde pas.

C'est un peu après qu'Oliva a relu ses notes au changement d'équipe que j'ai une seconde pour réfléchir à ce que j'ai vu à la bibliothèque. Peut-être que j'en tire trop de conclusions, mais j'ai encore des picotements dans la nuque après avoir vu le Dr Crane à l'enterrement avec sa main sur l'épaule d'Harvey Coy.

Chapitre Huit

JAMISON

Quand Mia entre dans la salle de groupe, je ferme le livre devant moi et je la regarde. Elle salue comme d'habitude les patients qui sont encore éveillés à cette heure de la nuit avant de venir s'asseoir à côté de moi.

« Bonsoir, Mia », dis-je en prenant mon temps pour l'examiner. Cela fait deux jours qu'elle a laissé le livre sur mon oreiller, mais je n'ai pas réussi à la retrouver seule.

« Bonsoir, Jamison. » Elle sourit timidement avant de hocher la tête en direction du livre. « L'as-tu lu ? »

« Oh oui. » Je souris puis me penche plus près. « Plusieurs fois. » Elle se lèche les lèvres, et j'ai envie de les goûter aussi. « Surtout la partie où tu as laissé ton ruban. »

« Et où est mon ruban maintenant ? » Ses yeux se posent sur mes genoux avant qu'elle ne détourne le regard.

« Je les garde tous près de moi. » En tendant la main, je caresse un doigt sous son menton. « Veux-tu être seule avec moi ce soir ? »

Elle a l'air choquée par la question, puis regarde autour d'elle comme si quelqu'un pouvait nous entendre. « Comment ? » demande-t-elle finalement.

« Il y a des parties de cet hôpital qui ne sont pas facilement visibles par les caméras. » Je fais un signe de tête vers celle dans le coin juste au-dessus de l'endroit où nous sommes assis.

« Attendez, est-ce que quelqu'un peut nous voir assis ici ? Et quand je... » Elle s'arrête, mais nous savons tous les deux à quoi elle fait référence.

« Cette zone particulière de la table est dans un angle mort. C'est pourquoi je m'assois ici tous les soirs. »

« Oh. » Elle réfléchit une seconde, puis regarde sa montre. « Les gens me regardent toujours. Je ne sais pas si je pourrais m'absenter très longtemps. »

« Techniquement, tu es censée prendre ta pause déjeuner en ce moment. C'est exact ? » Je me rends compte qu'une heure de déjeuner à minuit est étrange, mais c'est ce qui se passe pendant le service de nuit. Elle hoche la tête et je lui prends le poignet. « Va dire au responsable de nuit que tu vas faire ton dossier dans les vestiaires. Je te retrouve en bas des escaliers. »

« Et Alton ? » Elle demande.

« Je vais m'occuper de lui. Prends ton sac et rejoins-moi là-bas. »

« D'accord. » Elle regarde ma bouche comme si elle voulait m'embrasser pour me dire au revoir, mais c'est trop dangereux de risquer ça devant les autres patients.

« Maintenant », lui dis-je, et elle se précipite hors de la pièce.

Une fois qu'elle est partie, je ramène mon livre dans ma chambre et le laisse sur le bureau. Comme je m'en doutais, Alton est dans le couloir et m'observe.

« J'ai besoin d'une nuit de repos », lui dis-je en croisant les bras sur ma poitrine.

« Tu sais que je ne peux pas faire ça. » Il fait un signe de tête vers le bout du couloir qui mène aux bureaux de la direction. « Le Dr Crane n'aime pas la façon dont tu regardes la nouvelle infirmière. » Comme je ne dis rien, il soupire. « Tout ce que j'essaie de faire, c'est de me protéger. S'il l'apprend, alors ? — »

« Tu me dois quelque chose, dis-je en l'interrompant. « Mon dossier indiquera que j'ai demandé des somnifères. Tu as fait ta tournée et tout s'est bien passé. »

Alton hésite, et je sais que je le tiens. « Très bien. Mais les contrôles de lit ont lieu à trois heures, et si tu n'es pas bien au chaud, je ne peux rien faire pour te protéger. Tu comprends ? »

« Ce ne sera pas un problème », je l'assure. Il me lance un dernier regard avant de s'éloigner, mais je l'arrête. « Oh, et j'aurai besoin des clés. »

Il soupire profondément mais décroche le gros trousseau de clés sur sa hanche. Au lieu de me les donner toutes, il ouvre le petit anneau avec les trois clés dont il sait que je les veux. « Et je les trouverai dans mon casier avant de me coucher, n'est-ce pas ? »

« Sains et saufs. »

Il me lance les clés puis sort du hall des hommes pendant que je vais dans la direction opposée. J'utilise la première clé pour déverrouiller la sortie de secours de l'escalier de service, puis je me dirige vers les vestiaires en dessous.

Mia est là, l'air nerveuse, mais une partie de son anxiété disparaît quand elle me voit. « Tu es sûre de ça ? » Elle vérifie le plafond pour voir s'il y a des caméras.

« Tout va bien. Les seules caméras ici en bas sont aux portes de sortie. » Je lui prends la main et ses yeux croisent les miens. « Est-ce que tu me fais confiance ? »

« Oui. » Elle ne réfléchit pas un instant avant de répondre, et je hoche la tête en signe d'approbation.

« Allez, je veux te montrer quelque chose. »

Je la guide à travers le vestiaire et passe devant les rangées de casiers. Au fond de la pièce, j'utilise la deuxième clé pour déverrouiller une porte en bois massif. C'est un vieux placard de rangement, mais derrière les boîtes de serviettes sales et de produits de nettoyage se trouve un faux mur. Je tire l'interrupteur caché au-dessus du cadre, et il s'ouvre sur un couloir en pierre.

« Où allons-nous ? » demande-t-elle lorsque je verrouille la porte du placard derrière nous.

« Saviez-vous que cet hôpital a été construit pendant la Grande Dépression ? » je demande, et elle secoue la tête. « L'histoire disait que le marché s'était effondré avant qu'il ne soit terminé. Mais c'est juste ce qu'ils ont dit aux gens. »

« Je ne comprends pas. Pourquoi diraient-ils aux gens qu'il n'était pas terminé ? »

« Je suppose qu'ils ont utilisé tout ce stockage ici pour faire couler de l'alcool. S'ils disaient aux gens qu'il n'était pas terminé, alors vous ne connaîtriez que la zone de l'hôpital que vous pourriez voir. Mais tout cela est souterrain, et c'est un espace énorme à finir et à ne pas utiliser. "

Je n'avais aucune idée que cette installation était si vieille."

« La plupart des choses ont été rénovées au point que tu ne pourrais jamais le dire. Ils ont rénové les vestiaires il y a environ huit ans et ont fermé cette section. Je l'ai découvert parce que j'ai entendu le Dr Crane en parler à Alton. »

« Donc personne d'autre ne sait que c'est ici ? » demande-t-elle, et je peux la sentir se rapprocher de moi.

« C'est gardé secret. »

« Tu es sûr que nous n'allons pas nous perdre ? »

« J'en suis sûr. »

Il y a une faible lumière au-dessus de la tête, là où ils ont fait passer l'électricité il y a environ cinquante ans, mais à part ça, ce sont de longs couloirs avec de grandes pièces vides. Je peux comprendre qu'elle ait peur de se faire retourner. Il ne serait pas difficile de se perdre car c'est une sorte de labyrinthe, mais j'y suis allé tellement de fois que je pourrais le faire les yeux fermés.

Devant moi se trouve une porte dont j'utilise la dernière clé. Une fois que je l'ai déverrouillée, je la pousse et je recule pour que Mia la voie.

« Quel est cet endroit ? » Elle murmure alors que nous entrons tous les deux.

J'allume l'interrupteur sur le mur et quelques lumières tamisées illuminent l'espace. Les murs sont en pierre, à l'exception d'un coin carrelé avec une pomme de douche au-dessus. En face, il y a un grand cadre en bois avec des attaches. Il y a aussi une table avec des instruments dessus, et contre le mur opposé, un lit.

"C'est là qu'ils m'emmènent", dis-je, et Mia se tourne vers moi. Ses yeux sont écarquillés par ce que je ne peux que supposer être de la peur alors que j'attrape ma chemise et l'enlève. Elle halète puis se couvre la bouche avec ses mains en regardant les ecchymoses qui couvrent mon corps. "Cette pièce est faite pour que les gens ne puissent pas t'entendre crier."

Chapitre Neuf

MIA

Je regarde Jamison, complètement choquée, et tout ce que je peux faire, c'est ouvrir la bouche puis la fermer. Aucun mot ne peut sortir, et pendant un moment, je suis déstabilisée. C'est à ce moment-là que je réalise que je suis seule avec un homme que tant de gens ont qualifié de dangereux. Non seulement cela : si je ne reviens pas après ma pause déjeuner, je me trouve quelque part dans l'établissement où je ne serai probablement pas retrouvée avant un bon bout de temps.

Presque dès que l'inquiétude pour moi-même surgit, elle se transforme en inquiétude pour Jamison. En un clin d'œil, j'oublie ma propre sécurité et je me demande pourquoi personne ne l'a protégé. Les abus qui marquent sa peau sont bien plus gros que ma propre peur.

Malgré mon amour pour l'ordre et les règles, je me retrouve entraînée dans son chaos. Pour être honnête avec moi-même, j'en suis accro. Je n'étais jamais préparée à ce qui allait se passer entre nous, mais ce n'était certainement pas ça.

« As-tu peur de moi maintenant, Mia ? » Jamison penche la tête sur le côté, me regardant. Il me regarde toujours.

« Qui t'a fait ça ? » je demande en m'approchant. Le besoin de le toucher est irrésistible.

« Tu n'as pas répondu à la question. » Jamison ferme le reste de l'espace entre nous, et aussi doucement que je peux, je pose mes mains sur son torse nu. Ses yeux se ferment pendant un bref instant alors qu'il prend une inspiration. « Réponds à la question, ange. »

« Oui », j'admets. Quand il me regarde, je ne peux pas dire s'il s'attendait à la réponse. Veut-il que je le craigne ? « Mais pas pour la raison que tu penses. »

« Vraiment ? »

« Je n'ai pas peur que tu me fasses du mal physiquement. » Je sais que ce n'est pas la chose la plus intelligente que j'aie jamais dite, mais j'accepte progressivement cette réalité. Je suis plus préoccupée par sa capacité à me manipuler pour faire des choses sans y réfléchir beaucoup.

« Tu es sûre de ça ? » Il recule, faisant tomber mes mains de sa poitrine.

Mes pieds restent au sol, et je me force à ne pas le poursuivre. C'est un peu pathétique, vraiment. Je cherche toujours son attention ou je trouve un moment où nous pouvons être seuls. Notre temps ensemble est éphémère et me laisse sur ma faim.

« Déshabille-toi. » Il donne l'ordre avant de se diriger vers l'engin en bois contre le mur.

Il est muni d'une sorte de retenue, et je n'arrive pas à comprendre à quoi sert cet appareil. Ce n'est sûrement pas un instrument médical, car il semble que quelqu'un l'ait construit pour son propre usage.

Jamison pose sa main sur le cadre en bois, attendant de voir ce que je pourrais faire. Est-ce une sorte de test ? Le besoin de passer me fait retirer mes chaussures, et je ne manque pas le léger sourire qu'il cache rapidement. Quelque chose me dit que si je lui demande ce que c'est, il ne répondra pas. Ou peut-être que je ne suis pas prête.

« C'est nouveau pour moi », j'avoue lorsque j'enlève mon haut et décide de m'exposer de plusieurs façons. Mais après avoir vu tous ces bleus sur Jamison, je crois que c'est lui qui est le plus vulnérable. Si je fais ça, peut-être qu'il me fera confiance et m'en montrera plus.

« Continue. » Sa prise sur l'engin en bois se resserre, et j'entends le léger gémissement du bois. Maintenant, c'est moi qui lutte pour cacher un sourire.

Il me veut, et pour l'instant, c'est tout ce qui compte.

Ensuite, j'enlève mon pantalon de travail et je le jette au loin. Quand je me tiens là, en soutien-gorge et culotte, je ne sais pas trop quoi faire de mes mains. Mes sous-vêtements n'ont rien d'extraordinaire, mais au moins ils sont assortis. Jamison se lèche les lèvres en fixant le coton bleu simple et doux. Personne ne m'a jamais regardé comme il le fait. Il y a tellement de choses dans ses yeux que je n'arrive pas à croire qu'il ne s'agit que de sexe.

« Viens ici », ordonne-t-il, et je m'approche de lui. Mon esprit tourne, et je me demande ce qu'il pourrait me dire de faire ensuite. Et si c'était trop pour moi ? Bon sang, et si c'était trop pour quelqu'un ? Malgré tous ces doutes, mes pieds continuent de bouger jusqu'à ce que je sois devant lui. Sa main se lève pour saisir mon menton, et ses yeux rencontrent les miens. « Es-tu prête à tomber, mon ange ? »

« C'est ça que tu veux ? » je lui demande.

Jamison frotte son pouce sur ma lèvre inférieure, et je sors ma langue pour la goûter. « Je ne pense pas que tu puisses supporter ce que je veux. »

Quelque chose remue dans mon ventre, et je prends ça comme un défi. J'ai besoin de tout lui donner, et c'est peut-être parce que j'ai le sentiment que personne d'autre ne l'a fait. Je pensais que la vie serait difficile pour quelqu'un qui passe du temps dans le système, mais Jamison a passé des années coincé ici. Il n'y a aucune chaleur dans ces murs, et il le sait.

Quand j'entrouvre les lèvres, Jamison enfonce son pouce à l'intérieur. J'enroule mes lèvres autour, creusant mes joues, et je suce. Ma langue glisse d'avant en arrière, et je vois quelque chose de sombre briller dans ses yeux. Il retire brusquement son pouce et se détourne. Sa respiration est lourde dans la pièce silencieuse, et je ne sais pas ce que j'ai fait de mal.

« Jamison ? »

« Ne dis pas mon nom », dit-il sèchement, et ses épaules se tendent. Je vois qu'il se bat intérieurement, et j'aimerais qu'il me parle. Je veux comprendre, mais je ne sais pas comment me rapprocher de lui.

« Dis-moi ce que j'ai fait de mal. »

« Je n'aurais pas dû t'amener ici », dit-il sèchement avant de se retourner et d'essayer de me dépasser.

« Attends. » Je lui prends la main pour l'arrêter parce que je ne peux pas laisser les choses se terminer ainsi. Chaque jour, quand je m'allonge dans mon lit, je ne pense qu'à lui. Puis, quand je dors, je ne rêve que de lui. « As-tu peur de moi ? » Être proche des gens est effrayant. Ils sont si faciles à perdre, et une fois qu'ils sont partis, on se retrouve tout seul. Un rire

sans humour le quitte. « Oh mon ange. » Il secoue la tête. « Je veux te faire des choses terribles. » Puis soudain, il me saisit à nouveau le menton. « Des choses qui ne vont pas. »

Contre toute raison, mes tétons se resserrent et je me sens de plus en plus humide à chaque seconde. « Et si je veux que tu me le fasses ? »

« Comment peux-tu dire ça ? Est-ce que tu sais au moins ce que tu veux ? » Il est si proche que je peux sentir son souffle contre mes lèvres.

« Je te veux. » Les mots s'échappent et les yeux de Jamison s'écarquillent.

Puis sa bouche s'écrase sur la mienne et je gémis sous sa possession. Sa langue exige l'entrée et il me goûte comme s'il essayait de mémoriser mon essence. Quand ses mains se dirigent vers mes hanches, il me tire contre lui et écrase sa bite contre mon ventre. Je gémis au contact et je supplie sans un mot pour en avoir plus.

Je sens ses doigts dans mon dos une seconde avant qu'il ne dégrafe mon soutien-gorge puis me pousse contre le bois froid. Mon soutien-gorge tombe au sol alors qu'il tend la main vers mes poignets.

« Je vais essayer de me contrôler. » Sa prise est douce alors qu'il lève mes bras au-dessus de ma tête. Le métal froid s'enroule autour de mes poignets avant que j'entende un clic, les verrouillant en place.

La peur et le désir tourbillonnent ensemble dans ma gorge, et cela me saisit au point que je ne peux pas parler. Tout ce que je peux faire, c'est essayer de respirer pendant qu'il passe ses mains le long de mon corps puis sur mes seins nus.

« Je veux ta soumission. » Il est concentré comme un laser alors que son pouce effleure mon téton et il me fixe dans les yeux. « Mais je veux te le forcer à sortir. »

Quand il s'agit de Jamison, j'ai peur de lui donner plus que ce qu'il demande.

Chapitre Dix

JAMISON

Le léger hochement de tête de Mia est tout ce dont j'ai besoin avant de me baisser et de prendre son téton dans ma bouche. Elle crie, et un frisson chaud de plaisir me secoue jusqu'au plus profond de moi. Je lèche le bouton dur encore et encore tandis que je mords la peau tendre qui l'entoure, puis passe au suivant.

« Dis-moi d'arrêter », dis-je, et elle hésite. Je mords un peu plus fort le dessous de son sein, et elle couine avant de faire ce que je lui ordonne.

« Arrête », dit-elle rapidement, puis cela se transforme en un gémissement alors que je lèche la morsure puis la suce.

« Plus. » C'est tout ce que je peux penser alors que je continue à la lécher partout.

« S'il te plaît, arrête, Jamison. » Les mots sont haletants alors que son excitation monte.

Suis-je un monstre de vouloir ça ? Peut-être. J'ai suivi de nombreuses thérapies pendant que j'étais coincée ici, et il ne m'a pas fallu longtemps pour découvrir que voir ce genre de choses à un jeune âge avait une influence irrévocable sur mes désirs sexuels.

La première fois que j'ai surpris mon père en train d'attacher une femme à un engin similaire à celui-ci, je me souviens avoir voulu courir et la sauver. Mais en les regardant, j'ai commencé à réaliser qu'elle aimait ça. Non seulement cela, elle le suppliait.

« Je suis désolé, mon ange. Je dois le faire », lui dis-je en tombant à genoux devant elle. « Regarde le désordre que tu as fait de ta culotte. »

L'entrejambe est entièrement trempé et j'en salive à la vue de cette vue. Je me penche en avant et lèche le tissu en coton, puis je fredonne avec appréciation au goût. En saisissant le devant, je les arrache de son corps et je force ensuite ses jambes à s'écarter davantage.

« Non, non, non », gémit-elle, et ses protestations sont comme un appel de sirène.

Je la plaque contre le bois avec mon avant-bras et elle crie. Mes ongles sont courts et émoussés, mais lorsque je les fais glisser le long de sa cuisse, ils laissent des traces rouges derrière eux. Elle gémit en essayant de se libérer de mon emprise, mais tout ce que cela fait, c'est faire monter mon désir.

« Tu veux ça. » J'écarte ses jambes brutalement et lui mordille l'intérieur de la cuisse.

« Jamison ! » Elle crie mon nom si fort qu'il résonne dans la pièce, et je ne savais pas que je pouvais avoir une érection aussi forte.

Ma bouche trouve son chemin vers sa chatte et je l'enfouis dans sa chaleur chaude et humide. Elle tire sur les liens pendant que je suce son clitoris, puis glisse ma main entre ses jambes.

« Oh mon Dieu. » Elle halète maintenant, et je peux sentir ses hanches se balancer contre mon visage.

Je glisse deux doigts entre ses jambes, et quand je les enfonce en elle, elle crie. Elle est tellement serrée, et tout ce à quoi je peux penser, c'est à quel point ça va être bon quand elle sera enroulée autour de ma bite.

« C'est trop. » La protestation est faible, mais j'aime quand même ça.

« Tu peux le supporter. » Je glisse un troisième doigt, et elle gémit. « Écarte plus les jambes. »

« Non. »

Je lève les yeux et elle secoue la tête d'un côté à l'autre, mais ses joues sont rouges de plaisir et elle serre mes doigts.

« Fais-le ou je te laisse comme ça, Mia. Je te laisse vide et nécessiteuse et en manque d'être remplie. » Elle le fait instantanément et je souris en signe d'approbation. « Mon ange parfait. »

Quand je glisse un doigt dans son cul, son souffle se bloque dans sa gorge et elle se cambre contre moi. D'un seul coup de langue sur son clitoris, elle ne peut plus se retenir. Elle crie en jouissant et je peux le sentir couler le long de mes doigts. C'est si dur que tout son corps se tend pendant un long moment avant qu'elle ne devienne complètement molle.

Je prends mon temps pour savourer chaque centimètre puis je la lèche pour la nettoyer. Une fois que j'ai fini, elle est épuisée mais je n'en ai pas encore fini avec elle.

« Je vais te baiser, ange », lui dis-je en retirant mon pantalon.

« Jamison ? » Elle cligne des yeux plusieurs fois comme si elle essayait de revenir à la réalité, mais c'est trop tard.

Je prends ma bite dans ma main et tiens la base pendant que je pousse contre son entrée.

« Attends, attends. » Elle essaie de m'arrêter, mais je ne le fais pas. « Je ne prends pas la pilule ou ? »

J'ignore ses protestations et je pousse fort en même temps. Elle hurle quand je touche le fond et que je m'agrippe à ses hanches. Elle est tellement mouillée qu'il n'y a aucune résistance alors que je pousse encore et encore.

Je grogne comme un animal alors que je suis en rut en elle, et elle essaie de pousser contre moi. Ma bouche suce et mord toute sa peau parfaitement intacte, et je ne me suis jamais senti aussi bien.

« Arrête, Jamison, ça fait mal ! »

C'est comme si elle me disait d'y aller plus fort, et je le fais. « C'est pour ça que j'aime ça. » Je serre son corps si fort qu'il va probablement laisser des bleus.

« Tu ne peux pas jouir en moi », halète-t-elle quand je me frotte contre son clitoris. « Tu dois te retirer. »

« Alors pourquoi tu serres ma bite si fort ? » Je la regarde dans les yeux, et ils sont voilés de désir. « C'est de ta faute si ta chatte me tient. »

Elle émet ce petit gémissement au fond de sa gorge, et je sais qu'elle est sur le point de jouir à nouveau. « Tu ne peux pas jouir en moi. »

Me penchant plus près, je pose ma bouche contre son oreille. « Mais tu le veux. N'est-ce pas ? » Je l'enfonce complètement et ne me retire pas. Je la laisse juste là sur ma bite pendant que je lui caresse le clitoris. « Je peux sentir à quel point tu le veux. Il coule dans mes couilles, mon ange. »

« Jamison. » Mon nom est une prière sur ses lèvres.

« Je vais toujours te baiser à vif, mon ange, » je lui dis juste avant de commencer à jouir.

Ma libération déclenche son propre orgasme, et je peux la sentir me traire et prendre mon sperme plus profondément. Elle en fait sortir chaque goutte pendant que je me penche et embrasse ses lèvres. La douceur du baiser contraste fortement avec ce que je viens de lui faire, mais j'espère qu'elle pourra en comprendre le sens.

Même si c'est impossible, je suis tombé amoureux de Mia.

Chapitre onze

MIA

Cela fait longtemps que je n'ai rien ressenti. Je n'avais pas réalisé que je faisais les choses machinalement depuis que j'ai perdu ma grand-mère. Elle était le seul lien familial qui me restait et depuis, je n'ai fait qu'exister. Je ne savais pas que je m'étais rendue insensible en évitant les attachements. Jamison a détruit tout ça et soudain, je ressens tout. C'est tellement accablant que j'ai l'impression que je ne survivrai pas.

J'ai toujours une douleur sourde entre les jambes, même si cela fait deux jours. Deux jours entiers que Jamison m'a volé ma virginité et je commence à me demander si cette douleur vient de l'avoir en moi ou parce que je me sens si vide sans lui.

Tout ce que je sais, c'est que je dois le retrouver. Ne pas travailler et ne pas le voir tous les jours est brutal, mais d'un autre côté, Jamison l'est aussi. Quand il a déchiré mon hymen, c'était un mélange de douleur et de plaisir. J'ai adoré ça.

Je me regarde dans le miroir et je me demande ce que cela dit de moi. Je n'aurais jamais pensé que j'apprécierais un peu de douleur, mais tout ce qu'il faisait me semblait si juste. Peut-être parce que Jamison pouvait en faire quelque chose d'autre. Aussi improbable que cela puisse paraître, j'avais l'impression qu'il me guérissait.

Chaque fois que je disais non et qu'il en prenait plus, cela fermait une fissure au plus profond de mon âme. Son besoin de me prendre entièrement, quoi que je lui dise, était écrasant. Mes protestations tombaient dans l'oreille d'un sourd, et j'étais à Jamison pour faire ce qu'il voulait. Ce n'était pas un échange de pouvoir parce qu'il prenait tout le mien, mais j'avais l'impression qu'il me donnait quelque chose en retour. Est-ce que ça veut dire qu'il m'appartient ? Parce que j'ai l'impression que je lui appartiens déjà.

L'alarme de mon téléphone se déclenche et me sort de mes pensées. Je l'éteins, je prends mes affaires et me dépêche de sortir de l'appartement. Je suis plus que prête à revoir Jamison.

Quand je descends, je suis sur le point de sortir quand j'entends quelqu'un m'appeler. Je me retourne pour voir le Dr Crane, et mon estomac se noue. Le sentiment de malaise que j'éprouve à son égard grandit de jour en jour. Je n'arrive pas à mettre le doigt sur la raison pour laquelle il me fait peur. La seule chose qui a vraiment changé, c'est la découverte de cette photo dans l'article de presse.

« Bonjour, Dr Crane », dis-je en me forçant à sourire. Il a toujours été poli avec moi. En fait, c'est grâce à lui que j'ai ce travail.

« Pourquoi ne viens-tu pas au travail avec moi ? »

« Oh... » J'hésite, essayant de trouver une raison pour laquelle je ne peux pas aller au travail avec lui. « Tu vas travailler de nuit ? »

« J'ai besoin de vérifier quelques trucs. » Il pose sa main sur mon dos et me conduit hors du bâtiment. Il ne me laisse pas la chance de refuser. « Comment ça se passe au travail à Bellevue ? »

« J'aime ça », dis-je poliment pendant qu'il m'ouvre la portière de la voiture.

« Tu as toujours des uniformes adorables », dit-il lorsqu'il s'installe sur le siège conducteur et sort du parking.

« Merci. » Je ne sais pas trop comment répondre, alors je serre mes lèvres.

« Elles ont l'air douces », dit-il, puis il tend la main et me frotte la cuisse.

Tout mon corps se tend et j'ai l'impression que ma gorge va se fermer.

Il doit sentir mon malaise car il retire rapidement sa main. « Es-tu toujours aussi timide ? »

Est-ce vraiment considéré comme de la timidité de ne pas vouloir qu'un inconnu te touche ? « Désolée », je marmonne et j'ai immédiatement envie de me donner un coup de pied. Pourquoi est-ce que je m'excuse ? « Je suppose que je n'ai pas l'habitude d'être touchée. »

Le Dr Crane hoche la tête. « C'est vrai. Tu es toute seule. » J'essaie de ne pas bouger sur mon siège. Ses mots rendent la situation plus inconfortable. Ce que je ne pensais pas possible. « Ça doit être dur. »

« Ça l'était au début, mais je m'y suis habituée. »

« Tu sais que je ne suis qu'à quelques étages au-dessus. Tu es plus que la bienvenue si tu veux de la compagnie. »

« Ce n'est pas si facile quand on travaille à des horaires différents. » Je lâche un rire gêné parce que je ne veux pas empirer les choses.

« Je prendrais du temps pour toi. » Il me fait un clin d'œil et je réalise qu'il me drague.

Ma première pensée est pour Jamison et ce qu'il en penserait.

« Je suis assez épuisée la plupart du temps quand je ne suis pas au travail. Je suis encore en train de m'habituer à travailler la nuit. »

« Tu sais que je serais ravi de t'aider à rejoindre le service de jour. » Sa main se pose à nouveau sur ma cuisse. Mais cette fois, il la laisse là. « Si c'est ce que tu veux, il te suffit de demander. »

« Non, je ne veux pas de faveurs. »

Le Dr Crane dit autre chose, mais il se gare sur le parking du travail, et je saute pratiquement hors de la voiture quand il s'arrête. Ce faisant, je manque de trébucher sur mes propres pieds pour m'éloigner de lui.

« Mia ? » m'appelle-t-il, mais j'ai déjà mes affaires dans les mains et je m'éloigne de la voiture.

« Je ne veux juste pas être en retard. » Je suis sur le point de courir, mais il se dépêche de me rattraper avant que je puisse entrer dans le bâtiment.

« Nous ne le ferons pas. » Il attrape mon coude et arrête mes pas. « Tu es sûre que tu vas bien ? »

Il continue de me toucher même s'il sait que je n'aime pas ça. La façon dont il me regarde me fait penser qu'il aime me mettre mal à l'aise. Mes pensées intérieures me trahissent alors que je me souviens de toutes les choses que Jamison a faites quand je lui ai dit d'arrêter. Mais quelque chose chez Jamison est différent, et je ne sais pas pourquoi. Du moins pas encore.

« Je vais bien. » Je me force à sourire à nouveau, et Dieu merci, le téléphone dans sa poche se met à sonner.

« Nous en parlerons plus tard », dit-il avant de relâcher son emprise sur mon coude.

Je marche vite pour entrer et j'espère ne pas le croiser à nouveau ce soir.

Après avoir rangé mes affaires dans mon casier, l'excitation de voir Jamison me fait prendre les escaliers deux par deux. C'est presque embarrassant de voir à quel point je suis pressée de monter les escaliers. Mon cœur s'emballe d'impatience, et je me sens vivante.

Lorsque j'entre à mon étage, j'entends quelqu'un chanter fort. Je suis le son et vois une jeune femme chanter et danser sur sa propre chanson. Elle doit avoir plus de dix-huit ans si elle est dans cette aile de l'asile, mais elle est petite. Ses longs cheveux tourbillonnent autour d'elle et la façon dont elle bouge me fait penser qu'elle pourrait être une danseuse professionnelle. Ou du moins, elle l'était avant de venir ici.

Tout le monde la regarde, alors je fais un rapide tour d'horizon de la pièce pour voir si Jamison est là. Quand je le trouve, il est assis dans un coin avec un livre sur les genoux, mais il ne lit pas. Il regarde aussi la fille et une bouffée de jalousie m'envahit.

Je fais un pas en arrière et je vais dans le bureau des infirmières parce que je ne veux pas savoir quelle sera sa réaction à son égard.

« Qui est la nouvelle fille ? » je demande à Olivia en prenant mes dossiers pour la nuit.

« Elle est amusante, n'est-ce pas ? » rit Olivia. « Elle n'est là que depuis quelques heures. » Chapitre 12 Jamison

La nouvelle fille est ennuyeuse, mais au moins elle est utile. Je crois que quelqu'un l'a appelée Karma ou Karmen ? Je n'ai pas pris la peine

d'y prêter attention. J'étais trop occupé à regarder par la fenêtre et à attendre l'arrivée de Mia. Ma parfaite, douce et gentille Mia. C'est à ce moment-là que j'ai vu le Dr Crane entrer dans le parking avec Mia dans sa voiture . La colère et la jalousie qui se sont enflammées dans ma poitrine étaient comme de la lave brûlante qui brûlait ma chair de l'intérieur. C'est à ce moment-là que j'ai regardé la nouvelle fille et lui ai ordonné de faire une scène. Cela ne la dérangeait pas d'avoir des ennuis. En fait, elle semblait heureuse de l'excuse et a commencé à chanter des airs de spectacle. C'était comme des ongles sur un tableau noir à mes oreilles pendant que je regardais le Dr Crane et Mia ci-dessous. Le chant de la nouvelle fille a fait réagir l'un des autres patients, et j'ai entendu Olivia dire à Alton qu'elle allait appeler le Dr Crane pour voir s'ils pouvaient obtenir une consultation psychologique. Alors que j'attendais qu'Olivia passe l'appel, j'ai vu Mia sortir en trombe de la voiture du Dr Crane. Tout dans son langage corporel disait qu'elle avait peur. Je devrais le savoir parce que j'ai eu chaque centimètre d'elle et que je connais son corps mieux que le mien. Quand le Dr Crane l'a touchée et qu'elle a tressailli, je n'ai jamais eu autant envie de ramper à travers les barreaux des fenêtres. Je pouvais voir à quel point elle détestait ça, et quand la sonnerie de son téléphone l'a fait la laisser partir, je n'étais pas aussi soulagée que je le pensais. Tout ce que cela a fait, c'est me donner envie de descendre là-bas et de m'assurer qu'il ne puisse plus jamais la toucher. La nouvelle fille fait une sorte de tournoyage idiot maintenant, et cela attire l'attention de tout le monde. Je reste assis avec mon livre sur mes genoux et j'attends que Mia monte les escaliers. Si je me lève, je sais que je vais faire quelque chose de stupide. Comme m'en prendre au Dr Crane ou baiser Mia sur le sol de la salle de groupe juste pour prouver qu'elle est à moi. Je ne suis pas sûr que l'une ou l'autre de ces choses me sera bénéfique à long terme, même si elles semblent toutes deux plutôt géniales. Le temps qu'Alton et quelques aides-soignants maîtrisent la nouvelle fille et l'attachent à un brancard, Mia n'est toujours pas entrée dans la salle de groupe ni n'a commencé sa tournée. Ne m'a-t-elle pas manqué autant qu'elle m'a manqué ? Les deux jours séparés n'ont-ils pas été les plus misérables de son existence ? Je ne peux pas être seul dans cette obsession. N'est-ce pas ?

Don't miss out!

Visit the website below and you can sign up to receive emails whenever St Jean publishes a new book. There's no charge and no obligation.

https://books2read.com/r/B-A-UNJIC-JUWYE

BOOKS 2 READ

Connecting independent readers to independent writers.

Did you love *L'homme méchant*? Then you should read *Match impitoyable*[1] by St Jean!

[2]

Découvrez le roman "Match Impitoyable" de St Jean, un récit de pouvoir, de séduction et de manipulation.

Dans les coulisses de la vie nocturne new-yorkaise, Matteo Santoro, le redoutable Roi de la mafia Santoro, se retrouve face à un adversaire inattendu : Dominic DeSantis, un magnat de l'hôtellerie qui détient des secrets compromettants. Pour éviter d'être détruit, Matteo doit accepter un marché qui l'oblige à épouser la fille de DeSantis, Aurora.

---

1. https://books2read.com/u/3y5R0Z

2. https://books2read.com/u/3y5R0Z

Mais derrière cette union de convenance se cache un jeu de pouvoir et de désir. DeSantis veut intégrer la famille criminelle Santoro, tandis que Matteo doit protéger son empire et sa réputation. Entre les lignes, les tensions sexuelles et les jeux de séduction s'intensifient, menaçant de détruire tout le monde.

"Match Impitoyable" est un roman qui explore les limites du pouvoir, de la loyauté et du désir. Avec ses personnages complexes et ses intrigues palpitantes, ce livre vous tiendra en haleine jusqu'à la dernière page. Plongez dans le monde sombre et sensuel de la mafia new-yorkaise et découvrez comment les règles du jeu peuvent changer en un instant.

Also by St Jean

Match impitoyable
L'homme méchant